DE BESTE

Lezen voor Iedereen / Uitgeverij Eenvoudig Communiceren
www.lezenvooriedereen.be
www.eenvoudigcommuniceren.nl

Dit boek maakt deel uit van de serie *Misdadig*. *De beste* verscheen eerder onder de titel *Tackle* in *Nachtboot* (2003) en is herschreven in eenvoudig Nederlands.

Auteur: Chris Rippen
Bewerking: Bo Buijs
Redactie en vormgeving: Eenvoudig Communiceren
Foto omslag: iStockphoto
Foto auteur: Eigen collectie
Druk: Easy-to-read Publications

© Februari 2010 Uitgeverij Eenvoudig Communiceren, Amsterdam.
Alle rechten voorbehouden. Niets uit deze uitgave mag worden verveelvoudigd, opgeslagen in een geautomatiseerd gegevensbestand of openbaar gemaakt, in enige vorm of op enige wijze, hetzij elektronisch, mechanisch door fotokopieën, opnamen of enige andere manier, zonder voorafgaande schriftelijke toestemming van de uitgever.

ISBN 978 90 8696 100 9
NUR 286

Chris Rippen

DE BESTE

Woordenlijst
Moeilijke woorden zijn <u>onderstreept</u> en worden uitgelegd in de woordenlijst op pagina 55.

 Dit boek heeft het keurmerk Makkelijk Lezen

Een dode

De voetbalwedstrijd is afgelopen. Het stadion is bijna leeg.
Het is koud, de zon schijnt bleek.
Munck staat op de tribune van vak H en staart naar de dode man op de bank. Wat vreselijk, denkt hij.

Munck werkt eigenlijk op een kantoor.
Maar als het druk is, helpt hij de politie. Dan is hij hulpagent.
Zoals vandaag, bij de wedstrijd in het stadion van FC Sticht.

Een dode, denkt Munck. Hoe kan dat nou?
Het was juist zo'n rustige wedstrijd.
De supporters maakten helemaal geen ruzie.
Ze hadden wel gezongen, en af en toe wat onaardige dingen geroepen.
Maar het was niet vervelend geweest.
Alleen vlak voor het einde.
Toen was er iets met vuurwerk en veel rook, dat was alles.

Munck bekijkt het lichaam van de dode.
De dode heeft een blauw jack aan en een pet op.
Op zijn rug zit een bloedvlek, met in het midden een steek van een mes.

Een toezichthouder heeft de dode gevonden.
De toezichthouder is een man van een jaar of vijftig.
Hij staat een eindje verder op Munck te wachten.
Munck loopt naar hem toe.
'Ik kan het niet geloven', zegt de man. 'Ik was al bij de uitgang.
Daar zeiden ze dat er iemand ziek was geworden.
Ik liep terug om te kijken, maar die man was niet ziek. Dat zag ik meteen.'
'Leefde hij nog?', vraagt Munck.
De man schudt zijn hoofd.
Hij heeft een mager gezicht, vindt Munck. En een bittere trek om zijn mond.
'Ik kan het niet geloven', zegt de man weer.

Ineens steekt de man zijn hand uit.
Munck is verbaasd. Maar toch geeft Munck hem een hand.
Dan loopt de man weg, langs de lege tribunes, het stadion uit.
Slierten wc-papier vliegen rond in de wind.
Munck rilt.
Hij kijkt naar het groepje agenten iets verderop.

Een van de agenten komt naar hem toe.
'Nou, het is me het dagje wel', zegt hij. 'Nu zijn er toch rellen in de stad.

De supporters vechten met elkaar, joh! Het lijkt wel oorlog.'
'Hier is het ook goed mis', zegt Munck.
Samen lopen ze naar het lichaam.
'Terwiel', zegt de agent.
Ach! Natuurlijk! Nu ziet Munck het ook. Het is Terwiel.
Robin Terwiel. Een oud-voetballer.
Maar van welke club ook alweer? Munck weet het niet meer.

Terwiel

Die avond kijkt Munck naar het nieuws.
De nieuwslezer vertelt over de moord.
'Terwiel is doodgestoken', zegt hij. 'Bij een wedstrijd van FC Sticht.'
Dan zijn er beelden te zien. Terwiel rent over het veld en kopt tegen een bal.
Het zijn oude beelden, want hij is er nog een jonge vent.
Gek om hem levend te zien, denkt Munck. En gek dat ik hem niet meteen herkende.

'Hoe kan dat eigenlijk?', vraagt Philip. 'Dat je hem niet herkende.'
Munck schrikt op en kijkt naar zijn zoon.
Philip is twaalf jaar en gek op voetbal.
'Ik heb toch posters op mijn kamer?', vraagt hij.
'Daar staat Terwiel op.
Heb je daar nooit naar gekeken?'
'Dode mensen zien er anders uit', zegt Munck.
Hij ziet hoe Philip naar hem kijkt. Hij vindt zijn vader stoer.
Moord op een voetballer! En zijn pa was erbij!

'Was het niet gruwelijk?', vraagt zijn vrouw.
Munck denkt even na. 'Dat niet', zegt hij.
Ze vraagt niet verder.

Ze is er niet blij mee dat hij hulpagent is. Veel te gevaarlijk, vindt ze.

De volgende dag staat het ook in de krant.
Munck leest het stuk voor aan Philip.
'Terwiel speelde bij FC Roma', leest hij. 'Twee jaar geleden stopte hij met voetballen.
Hij wilde trainer worden en kreeg een opleiding bij de <u>KNVB</u>.
Hij ging vaak naar wedstrijden van FC Sticht.
Bij die club zat hij, toen hij nog jong was.
Hij vond het leuk om ze te zien spelen.'
Munck legt de krant weg. 'Dit keer was het minder leuk.'
'Maar waaróm is hij vermoord?', vraagt Philip.
'Dat staat niet er niet in', zegt Munck. 'Niemand weet waarom.'

Vragen

Munck wordt gebeld door de politie.
Hij moet naar het bureau komen, want ze gaan napraten over de wedstrijd.
Over hoe het ging, en ook over de moord op Terwiel.
Alle agenten die erbij waren, moeten komen.

Die avond zitten ze aan een lange tafel.
De politiechef is ontevreden.
'Een moord tijdens de wedstrijd', zegt hij.
'En niemand die iets heeft gezien.
Dat kan toch niet?'
Munck en de anderen weten niet wat ze moeten zeggen. Het is waar, ze hadden helemaal niks gemerkt. Pas veel later kwamen ze erachter, toen het stadion al bijna leeg was.

Munck heeft de dode, na de toezichthouder, als eerste gezien. Daarom wil de politie apart met hem praten.
In een kamertje zit een agent, achter een tafel.
Voor de tafel staat een lege stoel.
'Ga zitten', zegt de agent. Hij pakt een pen en een papier.
'Wanneer hoorde je dat er iemand dood was?', vraagt hij.

'Vlak na de wedstrijd', zegt Munck. 'Er kwam een toezichthouder naar me toe.
Hij schreeuwde dat er iemand dood was.'
'Wat is de naam van die toezichthouder?'
De agent wil de naam opschrijven, maar Munck kan het antwoord niet geven.
Hij schaamt zich. Dat had hij natuurlijk moeten vragen.
'Ik heb zijn naam niet gevraagd', zegt hij dan.

Verbaasd kijkt de agent hem aan. 'Waarom niet?'
'Ik dacht er niet aan', zegt Munck.
Het is even stil.
'Goed', zegt de agent dan. 'Wat vertelde die man?'
'Dat hij bij de uitgang stond. En dat hij toen hoorde dat er iemand ziek was.'
'Van wie hoorde hij dat?'
Munck schaamt zich nu nog meer.
'Dat heb ik ook niet gevraagd', zegt hij zacht.
De agent zucht. 'En toen?'
'Toen ging die man kijken bij Terwiel, maar die was al dood.'
'Waarom ging hij kijken?'
Munck is weer stil.
'Dat heb je zeker niet gevraagd?', zegt de agent.
Munck schudt zijn hoofd. 'Stom van me.'
De agent vindt het ook dom, dat is duidelijk.

Dan zet de agent een tv aan.
Munck ziet beelden van de wedstrijd, en van het publiek.
De agent zet het beeld stil. 'Dit is vak H', zegt hij.
Hij wijst naar een man in het publiek. 'Daar zit Terwiel.
Herken je verder iemand? Zit de man die hem heeft gevonden erbij?'

Munck kijkt naar de gezichten om Terwiel heen.
Maar de beelden zijn vaag.
Hij schudt zijn hoofd. 'Sorry. Ik kan je niet helpen.'
De agent zucht alweer.
'Ik hoop dat we de dader vinden', zegt hij. 'Maar het wordt wel moeilijk zo.'

Posters

Een paar dagen later komt Philip naar Munck toe.
'Pap, kom eens', zegt hij. 'Ik wil je wat laten zien.'
Munck loopt met Philip mee naar boven.
De kamer van Philip hangt vol met posters van voetballers.
Munck heeft ze nooit echt bekeken. Vroeger vond hij voetbal leuk. Nu niet meer zo.

'Ik heb er een paar posters bij', zegt Philip.
Hij wijst trots naar vier nieuwe posters. 'Het zijn de elftallen van Robin Terwiel.'
Die wil Munck wel zien. Hij loopt naar de muur en bekijkt ze goed.
Philip wijst naar de eerste poster.
Munck ziet Terwiel staan. Hij is nog jong en kijkt stoer naar de camera.
'Hier speelde hij bij FC Sticht, zijn eerste club', zegt Philip.

Dan loopt hij naar de tweede poster en wijst Terwiel aan.
'En hier zat hij bij Maasbank, in Rotterdam.
Dat waren zijn beste jaren.'
Philip loopt naar de derde poster.
'Kijk. Hij zat ook bij het Nederlands elftal. Daarin heeft hij tien jaar gespeeld.'

Dan loopt hij naar de laatste poster.
Munck ziet Terwiel al staan.
'Hier speelde hij bij FC Roma', zegt Philip.
Munck kijkt goed naar het gezicht van Terwiel.
Het was een gespierde vent, met een trotse blik in zijn ogen.

'Hoe kom je aan die posters?', vraagt Munck.
'Die kun je vragen aan de clubs', zegt Philip. 'En ik heb er een paar geruild met Don.'
Don is Philips beste vriend. Hij weet nóg meer van voetbal dan Philip.

Munck kijkt naar zijn zoon, die blij is met zijn posters.
'Was je eigenlijk fan van Terwiel?', vraagt hij.
'Nee, maar hij was wel goed', zegt Philip. 'De beste <u>verdediger</u> van de <u>nationale ploeg</u>.'
Munck knikt. 'Je zult het wel erg vinden dat hij dood is?'
Verbaasd kijkt Philip hem aan. 'Waarom? Hij speelde toch niet meer? Dus ... nou ja.'
Munck begrijpt het. Hij bekijkt de posters nog eens goed.
Veel spelers heeft hij wel eens gezien, maar hij kent maar een paar namen.
De namen van de mannen die beroemd zijn geworden.

Gek idee, denkt hij. Al die jongens komen in zo'n elftal.
Ze zijn allemaal goed en ze willen allemaal de beste worden.
Toch worden er maar een paar beroemd.
De rest wordt al snel vergeten. Bijna niemand weet nog wie dat zijn.

Achter hem zegt Philip iets. Hij lacht erbij.
Munck draait zich om. 'Wat zei je?'
'Hij was gek op vrouwen', lacht Philip.
'Wie? Terwiel?'
Philip knikt. 'Dat zegt Dons broer. Hij had heel veel vriendinnen.
Eén van die vrouwen heeft hem vermoord. Dons broer weet het bijna zeker.'
Munck glimlacht verbaasd. 'Zo. Zegt Dons broer dat? Hoe oud is Dons broer eigenlijk?'
'Veertien', zegt Philip.

Schaatsers

Het wordt kouder. Het vriest en het sneeuwt.
Daardoor zijn de velden te glad om op te voetballen.

Munck leest elke dag de krant.
Soms staat er iets in over Terwiel. Maar nooit dat de politie de dader heeft gevonden.

Op tv ziet Munck een programma waarin twee voetballers over Terwiel praten.
Ze kenden hem goed en ze hebben allebei met hem gespeeld.
'Hij had vast ruzie met iemand', zegt de ene.
'En die ruzie is misschien uit de hand gelopen.
Zó erg, dat hij is vermoord.'
'Of hij ging met criminelen om', zegt de ander.
'Misschien wist hij dingen van ze.
Zaken die hij niet mocht weten. Daar vermoorden ze wel vaker iemand om.'

Ook op straat hoort Munck mensen praten.
Iedereen heeft het over Terwiel, iedereen heeft vragen over de moord.
Maar niemand heeft antwoorden.

Dan is er ineens ander sportnieuws:
twee schaatsers zijn betrapt op <u>doping</u>.

Munck leest in de krant niets meer over Terwiel.
Ze schrijven alleen nog over de schaatsers.
Ook op tv praat iedereen over de schaatsers.
Niemand denkt nog aan Terwiel, behalve Munck.

Philip

Terwiel op de grond. Dood. Het bloed op zijn rug ...
Munck blijft maar aan die nare beelden denken.

Vaak gaat hij naar de kamer van Philip en bekijkt de posters.
Vooral die waar Terwiel op staat.
Hij kijkt ook naar de andere spelers.
Eerst kende hij maar een paar namen, nu kent hij er veel meer.
Dat komt door Philip, die kent alle spelers.
Over iedereen kan hij wel iets vertellen.
Hij vertelt het ene verhaal na het andere.

Munck luistert graag naar zijn zoon.
Maar hij vraagt zich af of Philip wel écht voetbalgek is.
Philip praat er graag over, maar houdt hij ook van het spel zélf?
Of dat toch niet echt?

Munck denkt terug aan de zomer.
Philip moest toen een wedstrijd spelen en Munck ging mee om te kijken.
Naast hem schreeuwden andere ouders de jongens toe.
'Doe nou eens je best, man!'

'Naar voren! Naar voren! Schiet op!'
'Opletten sukkel, die had je moeten scoren.'
Munck schreeuwde niet mee. Zo is hij nou eenmaal niet.
Hij keek toe hoe Philip speelde.
Die speelde wel mee, maar niet zo fanatiek.
Alsof hij eigenlijk niet geloofde dat hij het goed kon.
De coach liet Philip ook maar een beetje zijn gang gaan. Hij was niet echt streng voor hem.

Nog meer vragen

Munck wordt weer door de politie gebeld.
Ze hebben toch nog vragen, over de moord.
Ze willen dat hij nog een keer langskomt.

Even later loopt hij het bureau binnen.
Daar is de agent die eerder ook al vragen stelde.
Ze lopen naar dezelfde kamer als toen en daar stelt de agent weer dezelfde vragen.
Weer heeft Munck geen antwoorden.
Hij weet niks, hij heeft ook niks gezien.
Alleen Terwiel, die op de grond lag, maar toen was hij al dood.

Opnieuw zet de agent de televisie aan.
Hij laat nog eens de beelden van de wedstrijd zien, dit keer uitvergroot.
Munck ziet Terwiel zitten in vak H.
Hij ziet ook de mensen om Terwiel heen. Maar hij herkent niemand.
Of is dat misschien de man die Terwiel gevonden heeft?
Munck kijkt nog eens goed.
Ze kijken telkens opnieuw naar de beelden. Maar de man kijkt steeds de andere kant op.
Ze zien zijn gezicht niet goed.
Munck weet niet zeker of hij het is.

'Ik heb ook een vraag', zegt Munck.
'Stel, ik wil iemand vermoorden.
Dan doe ik dat toch niet in al die drukte?'
De agent zet de tv uit. 'Beter in een donker steegje,
wil je zeggen? Jij bent ook geen moordenaar.
Dit is juist slim. Ik denk dat het vlak na het einde
van de wedstrijd gebeurde. Toen lette niemand op.
Iedereen keek naar het vuurwerk.'

Alweer een dode

Het vriest niet meer. Al snel wordt er weer gevoetbald.
De eerste wedstrijd is in het Maasbank-stadion.

Munck wordt niet gevraagd als hulpagent.
's Avonds zit hij op de bank en kijkt hij tv, maar er is niks leuks.
Dan begint het nieuws. Twee supporters komen in beeld.
Ze vertellen dat ze in Rotterdam waren, bij de wedstrijd in het Maasbank-stadion.
Na afloop liepen ze naar de parkeerplaats.
Daar lag een man op de grond. Hij leunde tegen zijn auto.
Ze herkenden hem meteen: Pim Mulder, de ploegarts van Maasbank.
Ze dachten dat hij dronken was, dus brachten ze hem naar binnen, het stadion in.
Daar maakten ze zijn jas los. Hij zat onder het bloed! Vlak daarna ging hij dood.

Munck staart naar de tv.
Zijn vrouw komt naast hem zitten.
'Is er nou weer iemand doodgestoken?', vraagt ze.

De volgende dag staan de kranten er vol van.

Munck leest alles wat ze schrijven.
Mulder is doodgestoken met een mes. Terwiel is vermoord met hetzelfde mes.
Dan is het vast ook dezelfde dader, denkt Munck.

Hij leest dat de vermoorde mannen elkaar kenden.
Mulder was ploegarts bij <u>Jong Oranje</u>, jaren geleden.
Toen zat Terwiel ook bij die club.
Daarna werd Mulder ploegarts bij Maasbank.
Terwiel zat toen ook net bij die club.

Munck loopt de tuin in. Dat doet hij vaker, als hij na wil denken.
Waarom moesten die mannen dood, vraagt hij zich af. Waarom juist die twee mannen?
Hij snapt er niets van.

Die avond kijkt Munck weer naar het nieuws.
Zijn vrouw en Philip kijken mee.
Er komt een agent in beeld. 'We weten nu meer over Mulder', zegt hij. 'Hij was ook arts van de schaatsers die doping hebben gebruikt.'
'Aha!', roept Philip.
'Ssst!', zegt Munck. Hij gaat op het puntje van zijn stoel zitten en zet de tv harder.
'Hebben ze die doping van Mulder gekregen?', vraagt de verslaggever.

'Dat weten we nog niet', antwoordt de agent.
'En wat heeft Terwiel ermee te maken?'
'Ook dat weten we niet', zegt de agent. 'We zijn de zaak aan het onderzoeken.
We zijn hard aan het werk.'

Munck zet de tv uit en zakt terug in zijn stoel.
'Weet je wat ik denk?', zegt Philip. 'Dat Terwiel met criminelen omging.
Bij hen kocht hij die doping. En Mulder kocht het weer van Terwiel.
Wedden dat het zo is gegaan?'
Munck geeft geen antwoord. Wist hij het maar.

Dokter Mulder

Munck kan het niet laten. Hij loopt weer naar de kamer van Philip.
'Staat Mulder ook op die posters?', vraagt hij.
'Vast wel', zegt Philip.
Samen bekijken ze de posters, één voor één.
'Hier!', roept Philip dan. Hij wijst een poster aan van Jong Oranje uit 1984.
Mulder staat naast het team. Een dikke man met vrolijke ogen en een zware snor.
Munck denkt hardop. 'Dus híj heeft die schaatsers doping gegeven?'
'Echt wel', zegt Philip.
'Hij ziet er niet uit als iemand die dat doet', zegt Munck. 'Hij ziet er juist aardig uit.'
'Dat zegt niks', zegt Philip.

Munck bekijkt de poster goed. De jongens erop zijn nog jong.
Allemaal goede spelers, denkt Munck. Anders zaten ze niet bij Jong Oranje.
Hij bekijkt één voor één hun gezichten.
Dan ziet hij een jongen met blond haar, links op de poster, in de buurt van Mulder.
Munck kijkt nog eens. Hém kent hij niet.
'Wie is dat?', vraagt hij aan Philip. 'Die blonde jongen daar. Twee plaatsen links van dokter Mulder.'

Philip kijkt naar de jongen. Hij schudt zijn hoofd.
'Hier zit hij ook', zegt Munck. Hij wijst een poster
aan van Maasbank.
'Die poster is van een jaar later, 1985.'
Munck kijkt op de andere posters, maar de jongen
ziet hij nergens meer.
'Dan is hij gestopt met voetbal', zegt Philip. 'Dat kan
niet anders.'
'Weet je niet hoe hij heet?', vraagt Munck.
'Ik kan niet alles weten.'
Philip lacht erbij, maar hij baalt ervan dat hij het
niet weet.
Dat ziet Munck heus wel.

Postema

Dan is er nieuws: de politie heeft een man opgepakt.
Munck hoort het op de radio, op zijn werk.
Hij zet het geluid meteen harder.
Een politieman vertelt erover: 'We denken dat deze man de dader is.
Hij werkt bij de KNVB. Hij kende Mulder goed, en Terwiel ook.'
Munck wil twee dingen graag horen. Hoe weten ze dat die man de moorden heeft gepleegd?
En waaróm heeft hij het gedaan?
Maar dat vertelt de politieman niet.

Munck loopt naar buiten.
Hij belt de agent die hem eerder vragen stelde.
'Ik hoor dat jullie iemand hebben opgepakt', zegt hij.
'Dat heb je goed gehoord', zegt de agent.
'Waarom heeft hij het gedaan?', vraagt Munck.
'Dat weten we nog niet. We weten alleen dat hij Terwiel kende.
En dat hij Mulder ook kende.'
Munck is verbaasd. 'En daarom hebben jullie hem opgepakt?
Er zijn wel meer mensen die die mannen allebei kenden.'

De agent vindt Muncks vragen vervelend.
'Laat het politiewerk maar aan ons over', zegt hij.
Munck hangt op. Hij weet niet wat hij ervan moet denken.
Willen ze gewoon een dader hebben?
Maakt het soms niet uit wie dat is? En of hij wel de echte dader is?

Als Munck thuiskomt, rent Philip de trap af.
'Kom eens', zegt hij. 'Ik moet je wat laten zien.'
Munck loopt achter Philip aan naar boven.
Don zit ook op Philips kamer.
'Weet je nog?', vraagt Philip. 'Die blonde voetballer?'
'Welke?', vraagt Munck.
Hij weet niet meteen wie Philip bedoelt.
Philip wijst naar de jongen op de poster.
De blonde jongen, vlak naast dokter Mulder.
'Je vroeg wie dat was.'
'O ja, die', zegt Munck. 'Ben je erachter gekomen?'
Philip wijst lachend naar zijn vriend Don.
'Meneer hier weet altijd alles.'

Munck gaat naast Don op Philips bed zitten.
'Vertel', zegt hij.
'Hij heet Jan Postema', zegt Don. 'Hij is geboren in 1965.
Hij was centrale spits en linksbuiten. Eerst voor de club Frisia SV, daarna voor FC Twente.

Hij speelde ook vier keer bij Jong Oranje.
In 1984 kwam hij bij Maasbank. Maar in '88 werd hij uit de ploeg gezet.'
Munck kijkt hem vragend aan.
'Hij kreeg een ongeluk', legt Don uit. 'Tijdens een wedstrijd.
Hij is nooit beter geworden.'
'Ai', zegt Munck. 'Hoe weet je dat?'
'Van internet. En uit een boek van mijn broer.'
Munck glimlacht. 'Ja, ik heb wel eens over je broer gehoord.'

Munck kijkt naar de blonde jongen op de poster.
Jan Postema heet hij dus.
'Gek idee', zegt hij. 'De één wordt beroemd, de ander krijgt pech.
Maar op deze poster kun je dat nog niet zien.'

Knie

De volgende dag eet Munck wat met Ko en Herman.
Dat doen ze wel vaker tussen de middag.
Ko en Herman werken bij Munck op kantoor en ze praten graag over voetbal.
Munck praat nooit mee.
Hij vindt voetbal saai en hij weet er ook weinig van.
Maar vandaag begint hij er zelf over: 'Weten jullie wie Jan Postema is?'
'Oei. Dat is lang geleden', zegt Herman.
'Was dat geen aanvaller?', vraagt Ko.
Munck veegt zijn mond af aan een servet.
'Centrale spits en linksbuiten.'
Herman moet lachen. 'Sinds wanneer ben jij met voetbal bezig?'
'Sinds ik dode spelers vind', zegt Munck.

Hij vertelt over Philips posters, en vooral over die met Postema erop.
'Weten jullie of hij nog speelt?', vraagt hij.
Herman laat een kort lachje horen. 'Dat zou pas echt een wonder zijn.
Hij werd tegen zijn been getrapt en brak zijn knie.
Ik was erbij toen dat gebeurde. Het was afschuwelijk.
Je kon gewoon hóren dat het bot brak.'

Munck rilt. 'Kon je dat echt horen?'
Herman schudt zijn hoofd. 'Misschien niet echt.
Maar toen hij viel, zag je wel dat het mis was. Heel erg mis.
Hoe zijn been toen draaide ... Ik krijg er nog pijn in mijn maag van.'

'Bij welke wedstrijd was dat?', vraagt Munck.
Herman denkt na. 'Maasbank tegen Vitesse. 1987.
Met die knie is het nooit meer goed gekomen.'
Herman kijkt Munck aan. 'En weet je nog wié hem tegen zijn knie trapte? Jouw eigen Robin Terwiel.
Toevallig hè?'
Munck staart Herman aan. 'Robin Terwiel?'
Herman knikt. 'Dus ... als je het wilt weten,
Jan Postema speelt niet meer.
Wat hij wel doet, weet ik niet. Ik heb nooit meer wat over hem gehoord.'
'Bedankt, Herman', zegt Munck.

Gele kaart

Om vijf uur 's middags gaat Munck naar huis.
Bij de lift komt hij Herman tegen.
'Zin in een biertje?', vraagt hij.
'Een snelle dan', lacht Herman. 'Je wilt zeker nog meer weten over Postema?'
Munck glimlacht.

Even later zitten ze in de kroeg.
Munck neemt een slok van zijn pils. Hij denkt goed na.
'Postema en Terwiel staan op twee posters.
Op die posters zitten ze samen in één ploeg.
Eerst bij Jong Oranje, later bij Maasbank.'
'Klopt', zegt Herman.
'Maar jij zei dat Terwiel Postema tegen zijn knie heeft getrapt. Speelden ze toen tégen elkaar?'
'Klopt ook', zegt Herman. 'Dat zat zo, vanaf 1984 zat Postema bij Maasbank. Maar hij scoorde niet zo vaak als ze wilden. Hij was ook nog jong, negentien. Maar ze hadden toch meer van hem verwacht.
Hij speelde ook vaak toneel op het veld.'

'Toneel? Hoe bedoel je?', vraagt Munck.
'Dan deed hij alsof de tegenstander ruw speelde.
Alsof hij onderuit gehaald werd. Dan liet hij zich met opzet vallen. Zo wilde hij een strafschop krijgen.

Of een gele of rode kaart voor de tegenstander.
Daar was hij ook tevreden mee.'
'Hij speelde dus niet eerlijk', zegt Munck.
'Klopt alweer', zegt Herman.

Munck bestelt nog een biertje voor Herman.
'Postema zat dus bij Maasbank', zegt Herman. 'Maar steeds vaker op de bank.
Toen werd hij uitgeleend aan Vitesse.'
Munck begrijpt het niet. 'Uitgeleend?'

'Ja. Dat gebeurt wel vaker', zegt Herman. 'Soms is een club niet blij met een speler.
Dan is hij minder goed dan ze dachten.
Maar ze willen hem toch niet kwijt, want hij heeft veel geld gekost.'

Munck begint het te begrijpen.
'Postema was dus uitgeleend aan Vitesse', zegt hij.
'En toen speelde hij tégen Terwiel, in de wedstrijd Vitesse-Maasbank.'
'Juist', zegt Herman. 'En bij dié wedstrijd trapte Terwiel Postema.'
'Werd Terwiel daarna van het veld gestuurd?'
Herman schudt zijn hoofd. 'Hij kreeg een gele kaart.'
Munck is verbaasd. 'Wat een lichte straf!
Terwiel had de knie van Postema gebroken! Dat is nogal wat.'

Herman knikt. 'Zeker. En Terwiel trapte Postema met opzet tegen zijn knie.
Dat weet ik zeker. Zo speelde hij nou eenmaal: ruig en wild.
Maar toen Postema daar lag, schrok hij wel.
Dat was nou ook weer niet de bedoeling.'

Nare wedstrijd

Herman knijpt zijn ogen samen, alsof hij zich iets probeert te herinneren.
'Het was een nare wedstrijd', zegt hij dan.
'Al vanaf het begin.
Vooral toen Postema scoorde voor Vitesse.
Toen deed de omroeper lullig.
"Kijk hem scoren!", riep hij. "Voor zijn eigen club scoort hij nooit."'
'Hè?', zegt Munck. 'Een omroeper is toch nooit vóór een speler of tégen een speler? Hij moet toch alleen omroepen wat er gebeurt?'

Herman knikt. 'Maar ja. Zo ging het toch.
Het publiek werd steeds kwader op Postema.
Ze scholden hem uit: "Verrader! Verrader!"
En toen trapte Terwiel Postema tegen de grond.
Postema viel ...'
Herman is even stil.

'En toen?', vraagt Munck.
Herman schrikt op. 'Postema lag op de grond', gaat hij verder.
'Het publiek dacht dat hij weer toneel speelde.
Dat hij zich met opzet had laten vallen, zodat Terwiel een kaart zou krijgen.
Dat soort dingen deed hij tenslotte vaker.

Ze bleven maar schelden. En de omroeper maakte het nog erger.
Hij maakte grappen over Postema. Nare, gemene grappen.'
'Wat erg', zegt Munck.

Herman drinkt zijn pilsje op. 'Nu wil ík wat weten', zegt hij.
'Zou Postema iets te maken kunnen hebben met de moord op Terwiel?
Denk je dat echt?'
'Dat heb ik niet gezegd', zegt Munck. 'Misschien wel. Misschien niet.'

Die avond wil Munck gaan slapen, maar dan gaat de telefoon. Het is Herman.
'Sorry dat ik zo laat bel', zegt hij.
'Geeft niet', antwoordt Munck. 'Wat is er?'
'Ik heb net in de jaarboeken gekeken of het wel klopte wat ik je vertelde.'
'En?'
'Het klopt, dat wel. Maar er is nog iets. Postema brak dus zijn knie.
Weet je wie toen de ploegarts was?'
Munck is even stil.
'Ben je daar nog?'
'Ja.'
'Pim Mulder', zegt Herman.

Zoektocht

Munck zoekt uit waar Postema woont.
Na een week zoeken, vindt hij een adres in Reeuwijk.
Hij rijdt erheen en belt aan.
Een blonde vrouw doet open.
Ze heeft aardige ogen, vindt Munck, maar ze kijkt verdrietig.

'Wat wilt u van Jan?', vraagt ze.
'Ik wil hem iets vragen, over de moord op Terwiel.'
Ineens lijkt de vrouw minder aardig. 'Waarom?'
Haar stem is fel. 'Wat heeft hij daarmee te maken?'
Munck is even stil.
'Werkt u voor een krant? Of voor de tv? Of bent u van de politie?'
Munck weet niet wat hij moet zeggen. Hij is maar een hulpagent.
En nu is hij een moord aan het onderzoeken, zonder dat de politie er vanaf weet.
Als hij dat vertelt, stuurt de vrouw hem weg.
Dat weet hij zeker.

'Hij woont hier niet meer', zegt de vrouw dan.
'Wacht maar even.'
Ze loopt het huis in.
Even later komt ze terug.

In haar hand heeft ze een papiertje met een adres.
'Hier woont de moeder van Jan', zegt ze.
'Misschien wil zij met u praten.'

De moeder van Postema woont ver weg, helemaal in Friesland.
Munck denkt erover om een dag vrij te nemen.
Dan kan hij naar haar toe rijden.
Eerst maar even bellen, denkt hij.

Hij typt haar nummer in.
Na een tijdje wordt er opgenomen.
'Met mevrouw Postema.'
'Goedenavond', zegt Munck. 'Ik ben op zoek naar Jan Postema. Is hij bij u?'
'Nee', zegt Postema's moeder. 'Ik geef u zijn adres.'
Dat verbaast Munck. Ze vraagt zijn naam niet eens.
Snel schrijft hij op waar Jan woont.
Het is een <u>kliniek</u>, in de bossen bij Arnhem.
Ook dat verbaast Munck. Blijkbaar is Postema ziek.
'Doe hem de groeten', zegt Postema's moeder.
'Zeg maar dat ik dinsdag weer kom.'

Kliniek

Munck loopt door een lange gang.
Naast hem loopt een verpleger.
'U bent van de politie?', vraagt hij.
Munck knikt.
Hij vertelt niet dat hij maar een hulpagent is.
En dat de politie niet weet dat hij hier is.
'Laat het politiewerk aan ons over', zouden ze zeggen.
Munck hóórt het ze gewoon zeggen.

Ze staan stil voor een raam.
'Daar zit hij', zegt de verpleger. 'Naast die plant.'
In een rolstoel voor het raam zit een man die naar buiten kijkt, de tuin in.
Munck herkent hem meteen: daar zit Jan Postema.
Op de posters was hij nog jong.
Nu is hij veel ouder, maar hij is toch niet veel veranderd.
Alleen zijn blonde haar is dunner dan vroeger.

Postema's been zit in het gips en hij heeft verband om zijn hoofd.
Hij heeft vast veel pijn, denkt Munck.
Ineens kijkt Postema achterom, alsof hij voelt dat er iemand naar hem kijkt.
Munck ziet dat het omkijken hem moeite kost.

'Hij kan ons niet zien', zegt de verpleger. 'Aan deze kant is dit een raam.
Aan de andere kant is het een spiegel.'
Munck had het al verwacht.
Om de kliniek zit een groot hek, dat op slot zit.
De ramen zitten ook op slot.
Dit is geen gewone kliniek, dit is een <u>inrichting</u>.

'Wat is er met hem gebeurd?', vraagt Munck.
'Hij heeft een ongeluk gehad', vertelt de verpleger.
'Hij wilde trainer worden. Daarom wilde hij een opleiding volgen, maar ze lieten hem niet toe.
Toen hij dat hoorde, reed hij tegen een boom.
Dat is nu een paar weken geleden.'
'Waarom lieten ze hem niet toe?', vraagt Munck.
'Vanwege zijn knie. Die kan hij al jaren niet buigen.
Toen hij jong was, heeft hij die gebroken, bij een wedstrijd.'
Munck knikt. 'Is hij met opzet tegen die boom gereden?'
De verpleger is even stil. 'Ik denk het wel', zegt hij dan. 'Hij heeft al een keer eerder zoiets gedaan.
Vier jaar geleden. Toen heeft hij hier ook gezeten.'

Munck weet niet wat hij moet zeggen en kijkt naar Postema.
Die kijkt weer naar buiten, de tuin in.
'Krijgt hij veel bezoek?'

De verpleger schudt zijn hoofd.
'Niet zo veel. Zijn moeder bezoekt hem om de week.
Soms komt zijn ex-vrouw, met zijn kind.
En iedere zaterdag komt er een man, die neemt hem mee de tuin in.
Ik weet niet wie dat is. Jan noemt hem coach.'
De verpleger loopt naar de deur. 'Wilt u nu naar binnen?'
'Nee, dank u', zegt Munck. 'Ik weet genoeg.'

Op weg naar huis blijft hij maar aan Postema denken.
Postema die tegen een boom rijdt, Postema in de rolstoel, in een inrichting …
Munck voelt zich vreemd.
Hij probeert te snappen wat hij voelt.
Is het verdriet om wat er met Postema is gebeurd?
Of vindt hij het ook spannend?
Hij is tenslotte wel een moord aan het onderzoeken …

Munck denkt na over wat hij nu weet.
Terwiel schopte Postema tegen zijn been. Die brak toen zijn knie.
Mulder was de arts die erbij kwam, maar hij kon de knie niet redden.
Daardoor kon Postema niet meer voetballen.

Nooit meer ...
Ze wilden hem zelfs niet als trainer.

De moorden hebben met Postema te maken.
Munck weet het bijna zeker.

Omroeper

Die zondag speelt Maasbank tegen Excelsior.
Het stadion zit helemaal vol.
Dan, vlak voor het eind, gebeurt het.
De omroeper meldt de stand: 2-2.
Maar ineens klinkt zijn stem anders. Hij hijgt en piept.
Hij zegt iets, maar het is niet te verstaan.
De supporters maken grappen: 'Komt hij klaar of gaat hij dood?'
Ze lachen erom.

Maar even later wordt bekend dat de omroeper echt dood is.
Hij is gevonden in een plas bloed.
Munck hoort het nieuws op de autoradio.
Hij zit net in de auto met zijn vrouw, op de terugweg van een verjaardag.
Thuis zet hij snel de tv aan en kijkt naar het nieuws.
Hij ziet de laatste beelden van de omroeper.
Jack Belterman heet hij. Ze leggen hem in een ambulance en rijden weg.
Er komt een man in beeld, die in het stadion werkt.
Hij heeft Belterman gevonden.
'Jack is al jaren omroeper', vertelt hij.
'Een goeie. Hij is gek van sport. En vooral van voetbal.'

Dan komt er een agent in beeld.
Hij vertelt wat Munck al verwacht. Belterman is met een mes gestoken. Net als Terwiel en Mulder.
Met hetzelfde mes.

Munck staart naar de televisie.
Dan loopt hij naar de telefoon en belt Herman.
'Je had het over een omroeper', zegt Munck.
'Hij zei gemene dingen over Postema, bij die wedstrijd waarin hij zijn knie brak.'
'Klopt', zegt Herman. 'Dat was Belterman. Dit is geen toeval meer, Munck.
Weet je wat ik denk? Dat Postema de moordenaar is.'

Munck legt uit dat dat niet kan.
Dat hij Postema heeft gezien, in een rolstoel in de kliniek.
'En tóch zit je op een goed spoor', zegt Herman.
'Je móet de politie erbij halen. De echte, bedoel ik. Je wilt de moord oplossen, maar dit kun je niet alleen.'
Munck weet dat Herman gelijk heeft. 'Er is een idioot aan het werk', zegt hij.
'Klopt alweer', zegt Herman. 'Drie doden.
En wie is de volgende die dood moet? Wanneer houdt het op?'

Als Munck ophangt, ziet hij Philip staan.
'Bespreek je nu alles met iemand anders?', vraagt hij.
'Herman werkt bij mij op kantoor', zegt Munck.
'En hij weet echt alles van voetbal.'
'Ik toch ook?', zegt Philip teleurgesteld.
Munck wil antwoord geven, maar Philip loopt weg, naar zijn kamer.

Geen echte politieman

Munck rijdt weer naar Reeuwijk.
Hij belt aan bij de ex-vrouw van Postema.
Ze kijkt door het raam naar buiten.
Als ze Munck ziet staan, doet ze niet open.
Munck wacht een tijdje, dan loopt hij terug naar zijn auto.
Maar hij rijdt niet meteen weg.
Wat moet hij doen? Nog een keer aanbellen?
Door het raam ziet hij een vrouw en een jong meisje, vast haar dochter.
Ze zijn aan tafel gaan zitten en ze doen net alsof ze hem niet zien.

Munck rijdt weg.
Hij denkt na over de moorden.
Iemand heeft erg veel voor Postema over.
Zo veel dat hij er met een mes op los steekt.
Of is het geen hij, maar een zij? Is het misschien de ex-vrouw van Jan Postema?
Wil ze daarom niet met hem praten?
Eigenlijk zou hij nog een keer langs moeten gaan.
Haar moeten vragen hoe het zit.
Maar wat als ze niks wil zeggen? Of hem wegstuurt?
Munck baalt van zichzelf.
Hij is geen politieman, al wil hij het nóg zo graag.
Hij kan geen moord oplossen, dat is duidelijk.

Morgen gaat hij naar de politie. Dan vertelt hij alles wat hij weet.

Als hij thuiskomt, is zijn vrouw verbaasd.
'Jij bent vroeg uit je werk!', roept ze.
Munck maakt er een grapje over. Dat er niets te doen was op kantoor.
Hij zegt niet dat hij naar Reeuwijk is gereden, naar de ex van Jan Postema.

Frisia SV

Philip komt de trap af. 'Papa! Je bent er al!', roept hij blij.
Zijn vriend Don komt achter hem aan.
'We hebben wat voor je', zegt Philip, en hij loopt naar de eetkamer.
Daar ligt een poster op tafel.
Er staat een ploeg op met jonge spelers, niet ouder dan twaalf, dertien jaar.
Ze dragen groene shirts.
Bovenaan de poster staat: Frisia SV.

Munck knikt goedkeurend. 'Mooie poster.'
Philip glimlacht tevreden. 'Ja, hè?'
'Wie staat erop? Robin Terwiel?', vraagt Munck.
'Fout!', zegt Philip. 'Kijk zelf maar, pap!'
Munck pakt de poster en bekijkt hem.
'1977. Frisia SV. Junioren', zegt Don.
'Wacht', zegt Munck. 'Ik weet het al.'

Zijn vinger glijdt over de poster, van het ene gezicht naar het andere.
Hij stopt bij een blond jongetje op de voorste rij.
'Jan Postema. Heb ik gelijk?'
'Yep!', zegt Philip.
Munck bekijkt Postema, die zijn ogen half dicht knijpt.

Vanwege de zon, denkt Munck.
Postema heeft de bal in zijn handen.
'Weet je waarom hij de bal heeft?', vraagt Don.
'Omdat hij de meeste doelpunten gemaakt heeft',
zegt Philip. 'Hij was de beste.'

Dan ziet Munck een man, rechts op de foto.
Hij staat er stoer bij: armen gekruist voor zijn borst,
een glimlach om zijn mond ... Een mager gezicht ...
Munck staart naar het gezicht.
Hij heeft het eerder gezien ... Maar waar?

Ineens weet hij het. Bij de wedstrijd van FC Sticht!
Dit is de man die Terwiel heeft gevonden!
'Wie is dat?', vraagt hij.
'Dat is de coach', zegt Don. Hij kijkt er verbaasd bij.
Alsof hij denkt: sommige mensen snappen ook niks!

De coach, denkt Munck.
Wat zei die verpleger ook alweer?
Postema kreeg elke zaterdag bezoek. Van een man
die hij coach noemde.

Coach

Het is zaterdag.
Munck zit op een bankje onder een boom, in de tuin van de kliniek.
Jan Postema rijdt langs in zijn rolstoel.
De man die hem duwt, kijkt niet naar Munck.
Maar hij heeft hem wel gezien. Dat weet Munck zeker.

Munck wacht tot Postema en de man weer langskomen.
Dat duurt een tijdje, maar dan rijden ze vlak langs hem.
Munck kijkt naar de man die Postema duwt.
Naar het magere gezicht en de bittere trek om de mond. Deze man wordt dus coach genoemd.
De man uit het stadion. De man die Terwiel gevonden heeft.

Dit keer knikt de man naar Munck.
Hij duwt de rolstoel verder de tuin in. Daar blijft hij staan.
Munck ziet hem met Postema praten.
Postema heeft een zwarte zonnebril op. Hij ziet eruit als een blinde.
Dan duwt de man de rolstoel weer verder.
Ze slaan de hoek om.

Munck wacht weer, tot de man naar buiten komt.
Hij is alleen; hij heeft Postema naar binnen
gebracht.
Nu loopt hij recht op Munck af.
Een heel gewone man: mager met een bittere trek
om zijn mond.
Niet iemand die opvalt in een druk stadion of
donker steegje, denkt Munck.

De beste

'Ik heb op u gewacht', zegt de man.
Munck staat op. 'Op mij?'
De man knikt. 'Al vanaf die middag in het stadion.
U keek toen op een aparte manier naar me.
U wist dat ik het gedaan had.
Dat zág ik gewoon. Daarom gaf ik u een hand. Dat was een teken.'
Munck zegt niets.
De zon is warm op zijn rug.
Er is niemand meer in de tuin. Alleen hij en de man.

De man draait zich om naar het gebouw.
'Daarbinnen zit Jan', zegt hij. Zijn stem klinkt bitter.
'De één sloeg hem tegen de grond. Zijn knie stuk.
De ander maakte grappen, toen hij op de grond lag.
En de derde was een slechte arts. Zo slecht dat Jan nooit meer het veld op kon.
Ze hebben hem kapotgemaakt.'

De man zet zijn pet op.
'Hij was de beste', zegt hij. 'Ik wist het al toen hij twaalf was.
Hij was net zo'n goeie als Cruijff, of als Keizer.
Als Jan zijn dag had, kon hij in zijn eentje een wedstrijd winnen.'
Munck ziet woede in de ogen van de man.

'Die dag dat hij zijn knie brak ... Toen had hij zo'n dag.
Niemand kon hem stoppen. Hij speelde geweldig!
Maar toen kwam Terwiel en die werkte hem tegen de grond.'

De man kijkt Munck aan. 'Ik was niet van plan om Terwiel te vermoorden.
Maar toen zat hij daar opeens, vlak voor me, op de tribune. Het was toeval, echt.'

'Je was niet van plan hem te vermoorden.
Maar je had wel een mes bij je', merkt Munck op.
De man pakt een mes uit de binnenzak van zijn jas.
Munck schrikt ervan, maar de man stopt het alweer terug.
'Ik ben jager', zegt hij. 'Ik heb altijd een mes bij me.
En die dag ... toen ik Terwiel zag ...'
Er valt een stilte.
Munck wacht af.
'Ik was kwaad op die rotzakken', zegt de man dan.
'Jan was net tegen een boom gereden. Hij wil al jaren dood.
Ik zag Terwiel en ik dacht: jij gaat eraan!'

Een jager, denkt Munck.
Hij weet hoe je moet doden.
Snel, en zonder dat iemand het merkt.

De man knikt naar Munck. 'Goed dat u er bent.
Want ik ben klaar.'

Ze lopen het hek uit, naar de auto van Munck.
Ik weet niet eens hoe hij heet, denkt Munck.
'Hij was de beste', zegt de man.

Woordenlijst

Centrale spits
Een centrale spits is een voetballer die aanvalt vanaf het midden van het veld.

Doping
Doping zijn pillen en drankjes waar je sterker en sneller van wordt. Doping is verboden.

Inrichting
In een inrichting krijgen mensen psychiatrische zorg en soms ook verpleegkundige zorg. Sommige mensen wonen gedwongen in een inrichting. Bijvoorbeeld criminelen die ziek in hun hoofd zijn.

Jong Oranje
Jong Oranje is een club voor spelers jonger dan 21 jaar. Het is de bedoeling dat ze later bij Oranje gaan spelen.

Kliniek
In een kliniek krijgen mensen verpleegkundige en/of psychiatrische zorg.

KNVB
Afkorting van Koninklijke Nederlandse Voetbalbond.

Linksbuiten
Een linksbuiten is een voetballer die links staat van de centrale spits. Hij helpt de centrale spits met aanvallen.

Nationale ploeg
De nationale ploeg is een ander woord voor het Nederlands elftal of Oranje.

Strafschop
Een strafschop is een vrije schop vanaf elf meter voor het doel. Een ander woord voor strafschop is penalty.

Verdediger
Een verdediger is een voetballer die achter in het veld speelt. Hij verdedigt het doel van zijn ploeg en zorgt ervoor dat de tegenstander niet kan scoren.